침을 허락하다

시로여는세상 시인선 043

침을 허락하다

서봉교 시집

시로여는세상

무엇이 그리 할 말이 많은지
12년 만에 다시 2집을 묶는다

쓸수록 어려운 게 詩지만
내 글에 책임을 질 수 있을 때까지
쓰고 또 쓰고 精進해야겠다

올해도 또 추운 겨울을 맞이하면서

2019. 겨울
서봉교

차례

2부

3부

4부

5부

1부

겨울 이사

전세를 사는 것도 죄인지 모르지
손 없는 날이라고 받은 날이
하필
청양고추처럼 매운 날이니
복 없는 년은 가지밭에만 엎어진다고
해는 치악산 마빡을 비추고 있는데
형님 같은 아파트 그림자는 연실
이삿짐 곤돌라를 타고 오르고
입김은 나오고 해는 저무는데
이제 어디로 갈까나
보따리 실은 짐차는 더 작아만 보이고
오늘 밤은 어딘가에 짐을 풀어 버리고
애꿎은 주역의 이삿날만 원망할지

전세로 사는 게 죄라면 모르지

여름나기

매미는 벌써부터 알고 있었는데
숙맥 같은 누구는 이제야 그 소리 듣는가
여름날 가는 소리가
한여름 다 찌그러져 가는 부엌에서
기름이 없어 밀가루 반죽
물에다 튀긴 철부지 같나니

아서라! 세월
그게 무슨 장사인가
한여름 참매미 소리 스무 번 들으면 20년이 날아가고
두 번 들으면 머리에 서리도 내리나니
그래 매미 소리 세지를 마라

거름 더미 속 굼벵이도 꿈이 있어야 하느니
명당자리라고 이여송이처럼 혈을 박을 수는 없나니
그저 물이 흐르는 대로 두면 될 일을
중복을 앞둔 이 한밤
애써 굼벵이 생각하면 무얼 하누

고양이 쥐 생각보다 못한 짓을

철 따라 흐르는 시간에 몸을 맡기고
귀로 감상하는 혜택만 누려도
마빡에 얼음 빙자 안 써도
그대는 가는데

사재강에서

장마가 몸을 풀고 간
강물 바닥은
됫병 소주병을
깨어서 뿌려 놓은 듯
새파랗고

보洑 밑에 자리 잡은
우리는
한 사람씩 튜브에
몸을 맡긴다

삼십여 년 전
내가 놀던 그 자리에서
내 아이들도 물장구를 친다

그래야지
그래야지
훗날 내가 죽고 없어도

물은 흐를 것인데

선글라스를 끼지 않고
맨눈으로 보기 미안한
파란 강물에서

장마의 몸조리와 함께
그렇게
내 휴가도 저물어 간다

아내의 염색약을 사면서

검은 머리 파 뿌리가 되자고
예식장에서 맹세하던 시절은
손바닥 속 수은처럼 모두 빠져 버리고

낯선 성냥갑 같은 둥지 속에서
애들 넷 낳고 보낸 젊은 시절의 흔적들
안팎으로 맞벌이한다고

쥐 지랄하듯 뛰어다닌 시간들

한겨울
소죽가마 솥 수수엿처럼
식힐 수는 없을까

이제 16년 살았는데
아직 여름인데
무서리가 너무 일찍 왔나보다

〉

앞으로 또 몇 번을 사면서
왼쪽 가슴살들을 한 근씩 한 근씩
도려내야 할 지

한 병일까
두 병일까

정작
묻지 말지어다

까치집

본디
이곳은 내 집이 아니야
아주 멀지 않은 옛날
새마을 운동 후
도시로 이주한 조상들이
튼 보금자리

본래 우리 집은
첩첩 산골
좌청룡 우백호로 휘감고
우무실 밭 둑가에
홀로 고목이 되어가는 조선 미루나무가
바람으로 머리를 감는 곳

좋은 나무만 부리로 물어다가
뻐꾸기 그년 오기 전
둥지를 틀고
새끼들 낳고 오손도손 살던 곳

분양권도 투기도 동사무소 전입신고도
새로 바뀐 주소 길도 필요 없이
나무 하나에 둥지가 하나면 되는 집
밤이면 별을 볼 수 있는 집

늦은 밤 잠자는 데
저 먼 아라비아의 알라딘
눈물 타는 시끄러운 냄새들이
훼방을 놓지 않는 집
그곳이 내 집이야

조상님들 따라
시내에 틀은 둥지
낼모레 깨어날 알들도
동사무소에 신고를 해야 하나
본래 이곳은 내 집이 아니지만
내가 울면 손님이 온다는 전설은
아직도 유효한가

매일 오는 낯선이들이
모두 손님인걸

우리는 한 나무에 한 집만 짓는데
우리들 새끼들도 태어나면
한 나무에
연립으로 지어야 하나
아파트로 지어야 하나?

부적符籍

하나로마트 서쪽 기둥에
하도 쓰레기를 버리길래
시뻘건 매직으로
"제발 쓰레기 좀 버리지 마셈"
싸라기 밥 먹은 솜씨로
방을 하나 붙였더니

거참 신기하게
깨끗해

무식한 귀신 마빡에는
부적도 안 붙는다는데
여름 휴가객들은
그래도 유식한가보다

약藥발을 잘 받는 것이

이발소 가는 날

주천*에서
유일하게 세 개 있는 이발소는
매월 7일 날은 사이좋게 문을 닫는다

6일장을 놓친 아랫골** 김 영감
잠긴 문을 당겨 보지만
용-빼는 재주는 없는 듯
칠십도 넘은 탓에 미용실 갈 엄두도 못 내고

이젠 할망구 이빨만큼
듬성듬성 남은 턱수염을 쓸어 담으며
쩝쩝 입맛을 다시며
허 참 !
나오지도 않는 애꿎은 헛기침에
새 시장 대폿집의 정선과수댁이 생각나고

혈압 약 사오라고
세종대왕 몇 분 쥐어주던
할망구 체온은

아직 오른손바닥에 남았는데

내 오늘은 필시
이 년과 독대해서
요절낸다고 객기를 부리면서
대포 먹고 남은 돈으로 약을 사 가리라
다짐을 하고 또 다짐하고 나서야
정선집으로 향하는데

오늘따라
다 죽고 몇 남지 않은 친구 놈들도
보이질 않으니
이런 횡재를 !

돌아서는 그 모습을
이발소 네온사인이 미소를 지으며
망산***의 빙허루랑 가만히 내려다보고 있다

*강원도 영월군 주천면의 지면 아직도 5일장이 열림
**강원도 영월군 수주면 무릉 2리 옛지명
***주천면 신일리 입구에 위치

순대국밥집에서

주말에도 일에 몰두하다
점심시간이 간 줄도
몰랐는데

애들과 아내는
문자도 하지 않고
자장면을 시켜 먹었단다

길 잃은 수캐처럼
점심 먹을 곳을 찾다가
들어간 곳

사골 순대국 한 사발에
뭔 놈의 찬이 이리 많노

얼큰하게 양념을 넣고
밥을 말으니
너무 시원해

어젯밤 회식한 아내는
몸조리 할 테고
면을 먹은 녀석들이 허기 질 테니
속도 풀리고 애들도 먹이려고
안주인을 불러 포장을 부탁하니
세 시간 참아서 화장실 가는 여자처럼
눈웃음을 친다

셈을 마치고
들고 나서는 데

내 속같이 매운 하늘에서
옥황상제님이 떡 시루를 엎었는지
폭설 내려 주신다

마흔둘

이젠
민방위 소집도 면제가 되는 나이
잠시 잇몸에서 피도 나고
과음을 해도
다음날 불쾌한 나이
애들 키보다 작아지고
마누라한테는 당연히 져야 하는 나이
직장에서는 베풀어도
자기 마음 쉴 곳을 따로 찾는 나이
그래도 이십 대를 보면
나랑 별 차이 없네 하고
착각을 하는 나이
지고 있는 축구 경기의 후반전처럼
역전 골도 노려보는 나이
아직은
새벽에 일찍 기상하는 나이

그런 나를
인정할 수 없는 나이

부부

좀처럼 샤워를 할 때
등을 밀어주지 않는 아내에게
새벽 잠꼬대로 "여보 등 좀 밀어줘" 했더니
난데없이 척추가 아파 엎드려 웅크려 자고 있는
내 등을 벅벅 긁는 것이었다
살짝 실눈을 뜨고
덕석을 어미 소에게 씌워주는 주인 눈치를 보듯
살피는데 분명 아내는 눈을 감았으렸다
그러면서 시원한 등 뒤로 잠시 생각해본다
죽어 꺼부러지려고 해도 신랑은 있어야 하고
허깨비 같아도 마누라도 있어야 한다고
그 긴긴밤 등을 누가 긁어 줄 것이며
늙어서 새 따먹는 소리는 또 누가 받을 것이며
말 상대는 누가 될 것인가

짐짓
오늘 아침 밥상이 기대된다

시집코너에서

늘 서점 시집 진열장에 가면
공동묘지가 연상 된다
낯익은 시인들부터 아총兒塚같은 시인들까지
신교대 장병들 열병식 하듯
가지런히 꽂힌 그들을 보면
지하대장군들이 양옆으로 보는 것 같고
가끔
독자들이 고르다 비뚤비뚤 꽂아놓은
시집들은 주인 잃은 묘비

저 한 권 나올 때마다
곡소리 나지 않은 게 없을 것이고
울지 않은 상여가 있겠는가
세월이 가면 잊혀지는
주인 없는 무덤처럼
그렇게 잊혀 지다가
유통기한이 없어
화장되지 못한 신인新人들에게

밀리고 밀려
골방으로 가겠지

죽으면 내 책을
절판하라고 유언을 남기신
고승의 말씀을
한 번 더
새겨야 할까
말아야 할까

2부

설귀산* 안개

그것은

산신령이 금연광고에 밀려

숨어서 신문지에 말아 피우는

엽초의 슬픈 절규

아무도 그 냄새에 고개 돌리지 않고

아무도 그 연기에 기침하지 않는

山 거죽에 부조로 붙인 구름과자

아 누가 먼저 만들었을까

피우고 안 피우는

고통의 딜레마를 선물로 준 사람은

*영월군 수주면에 중방동 위에 있는 산

택배

오늘도
너에게로 부치는
사과 박스 속에

나도 화물이 되어
너에게 도착해서
사과 살과 함께
너의 일부가 되고 싶다

진작
함께 살았더라면

이렇게
수취인 없는 택배를
가을마다 보내는 품도
덜었을 것을

박새의 주검 앞에서

참 복도 지지리도 없는 년이지
지난달 몸을 풀고
새끼들은 삼칠일도 지나지 않았는데
사자산 적멸보궁 범종소리로 잔뼈 굵은
황금장송의 구멍 속
반 득도한 벌레 잡아 새끼들 먹이려다
가족건강 백일기도 오던
서울 차랑 정면승부를 할 줄이야
추돌한 놈도 나도 마음은 하나일지니
극락에는 가고 있을 것이고
혹 운이 좋아 도니度尼의 눈에 띄면
장례야 치러 줄 테지?
초혼은 하지 말아줘
부고도 내지 말고
화장은 더더욱 하지 말고

무심한 수놈이
까놓은 새끼들은
둥지 채 부처님 전에 올려놓고

요선정邀僊亭*에서

보름이 지나고 달 숨으면
요선암邀仙岩엔 선녀들이 목욕을 하고
신선들 서너 분 요선정 마루에서 바둑을 두는데
버섯은 평생 따 보지도 못한 중생 하나가
감히 선녀들은 훔쳐보지도 못하고
바둑 두는 분들께 들킬까 살금살금 송이를 찾아 산에
오르다가
눈이 딱 부딪히고 말았다
관우같이 길고 흰 수염을 한 신선이
"헛 고놈 참 제법일세, 내 요선정에서 천년이 넘게 바
둑을 두었지만
인간이 찾아오기는 처음이야 그래 넌 우리를 닮고 싶
은 게냐?
아니면 풍류를 즐기고 싶은 게냐?"
미륵불**의 왼쪽 수염을 슬쩍 당기는데
꿀 먹은 벙어리인 양 미륵불에 한참 동안 합장하고 보니
그 신선들은 온데간데없고
요선정 마당 한가운데

5층 靑석탑만 덩그러니 서 있더라

*강원도 문화재자료 제41호 강원도 영월군 수주면 무릉리 위치 함
**영월군 수주면 무릉리 요선정 옆 바위 한 면에 음각으로 새겨놓은
  마애불좌상은 강원도 유형문화재 제74호

명마동의 가을

명마동과 중방 세간에서
아랫골 병창 쪽의 강물바닥을 바라보면
한겨울
할복하지 않은 빙어 뱃속이다
강물도 또 다른 계절을 맞이하려는
저 정갈한 자세
필시
오늘 밤 선녀들 서넛은 목욕하러 올 것이다
그런데
느낌으로 문자가 왔다
너는 몰래 훔쳐봐도 좋고
날개옷 한 개쯤은 감춰도 된다고

왜냐면
이미 디스크인줄은
보고가
끝났으므로

피 빼고

한 자루에 오십이만 원 하는 강냉이 작석作石을 하는데
사십 키로 오백을 넣으란다
실 중량은 40kg인데
굳이 500g을 더 넣으라는 것은
자루 무게 때문인란다
자루가 끽 해봐야 50g인데 450g을 더 넣으면
그 차액은 누가 챙기나
칠십 대 중반인 우리 아부지
평생 농사짓고 살면서
고추 팔 때도 콩을 팔 때도 들깨를 팔 때도
피 값이라는 명복으로 준 500g 혹은 1kg들
어디로 갔을까
그 수많은 피, 피 값은
40kg 500g도 훨씬 넘은 앉은뱅이 저울 위에서
바가지로 강냉이를 덜어내는
어머니를 향해
아부지 또 후달구신다

"아, 피 빼고, 피 빼고라니까"

법홍사 해우소에서

법홍사 둘러보고 가는 길
잠시 덜으러 해우소에 들렀더니
근심을 덜어내는 처사님들이 쭈뼛쭈뼛 서 있는데
갑자기
오른쪽 주머니에서 울려 퍼지는 핸드폰 소리
"摩訶般若波羅蜜多心經
  마하반야바라밀다심경
  觀自在菩薩 行深般若波羅密多時 照見五蘊皆空
  度一切苦厄 舍利子
  관자재보살 행심반야바라밀다시 조견오온개공
  도일체고액 사리자"*
앉아서 덜던 처사도 서서 지퍼를 내리던 처사도
부엉이 눈을 하고 나를 쳐다보기는 마찬가지
도를 깨치고
경지에 오르고 싶은 마음이야 굳이 법당뿐이랴
그것이 법홍사 마당이던 해우소이던
깨치면 될 것을
"摩訶般若波羅蜜多心經

마하반야바라밀다심경

觀自在菩薩 行深般若波羅密多時 照見五蘊皆空

度一切苦厄 舍利子

관자재보살 행심반야바라밀다시 조견오온개공

도일체고액 사리자"*

울어대는 벨 소리를 그대로 두고 돌아서면서

전화는 잠시 후 받으련다

*〈반야심경〉에서 발췌

황태

내가 한때는 오대양 육대주
태평양 시린 파도를 가르며
잘나가던 내 청춘의 운행을 잠시 멈춘 것은
옆집 마실 가다가
주문진 어부 김 씨의 그물에 걸리면서였지
전라도 어느 염전에서 왔다는
그 짜가운 굵은 왕소금 세례에
아직까지 누구에게도 보여 주지 않은
은밀한 속까지 할복 당해
푹 쏟아 놓고
산판에서 힘쓰던 뼈만 남은 트럭에 실려 간
용평의 황태덕장
서정주시인은 나를 키운 것은 8할이 바람이었다고 했지만
나를 이 꼴로 만들어 가는 것은
순전히 태백산맥을 타고 넘어오던 그 거센 바람
눈비 맞아 가며 고드름도 붙어 가며
강원도의 기나긴 겨울을 나고 난 후
우리들은 하나둘씩 자대 배치를 받는다
구이부대, 안주부대 해장국부대

난 운이 좋아 용케 예쁜 비닐 옷 곱게 차려입고
어느 마트에 누웠더니
원주 아무개의 아내가 장바구니에 담더니
돼지머리랑 막걸리 몇 번 왔다 갔다 하더니
그 집 마님 승용차 트렁크에
명주실로 중요한 부위만 가리고
다시 매달려 있더라
날마다 소음도 시끄럽고 멀미도 나고
나
바다에서 나고 이렇게 여기서 마무리 하나보다
국거리로 팔려 간 친구들을 부러워하며
주인댁 출근지로 향하는 불쌍한 내 신세야
차라리 엊저녁 과음한 사람들 해장국 속에
청양 고춧가루로 샤워를 하고 싶은 날
그날이 내가 부러워하는 날

작은 어느 여름날
삐쩍 마른 나의 건조한 푸념

아내의 비밀을 엿보다

처음 아내를 만났을 때는
마술의 주기를 알지 못했다
아니 그런 게 있는지도 몰랐다
결혼 18년 차, 살면서 늘어가는 새치를
발견하기란 쉽지 않은 일
세면장에서 몰래몰래 희석한 검은 옻을 칫솔로
바른다는 것을 안 지는 몇 해 되지 않는다
아침 식탁에서 아주 당당히 젊어지는 약을 섞는 아내를 보고
아! 이제 아내도 나이를 먹는구나
나란 인간 만나서 남이 낳은 아이의 두 배를 낳고
큰아들 하나 더 키우면서 살다 보니
고생 끝에 죄 없는 새치만 늘어나는데
염색약을 사다 줄줄만 알았지 정작 머리에 발라 주지 못한
불쌍한 인간이 나였구나
출근하면서 승용차 미러로 자신의 머리카락을
보고 또 보면서
염색을 해야 할까 말아야 할까
고민하다가

〉
휴대폰 단축키를 길게 아내에게 눌러본다

마을회관

두룽*의 마을회관에 겨울이 오면
누가 집합 종을 치지 않아도
하나둘 모여들고
분대장을 뽑지 않아도
할아버지 할머니로 나눠 인원 점검을 한다
아니 거시기네 할머이는 왜 안 왔어
응, 엊그제 죽었잖아
아니 그렇게 많이 자랑하던 재산을 어찌하고
에이 큰 아들놈이 벌써 다 해 먹었데
그러면 속 파먹힌 쇠똥이었어
저승 갈 땐 빈손이네
누구나 가슴속엔 품지 못할 시름 하나 둘 안고
7, 80년을 같이 산 사람들을
눈여겨 훑어보는데
환갑을 갓 넘긴 사람들은 명함도 못 내밀고
막내 신세라
모두의 식사가 끝나면
회관 공동묘지 뒤로 달이 뜨기 전

화투로 운수 한판 떼고는
내일 보자고, 꼭 내일 보자고
차마 다 하지 못하는 말은 가슴으로 하고
집으로 향하는 모습을
요선정과 설귀산은 웃지도 못하고

그렇게 천 년 동안
그냥
가만히 내려다보고 있다

*강원도 영월군 수주면 무릉3리 1, 2반 옛지명

나그네

살다가 가끔 육체와 영혼을 분리하고 싶을 때
육신의 허락도 없이 쓴 소주를 붓고는
끊어진 필름에 게가 풀린 눈으로
널브러진 육신을 내려다보라
하고 많은 영혼 중에 나를 만나
이 만큼 살아왔으니 그 또한 고마운 일
내 원한 것은 아니지만
추돌당한 교통사고로 척추를 다쳐도
늘 나를 뒷받침해 주던 것은 너
새끼도 한둘이 아닌
넷을 터 울 두며 낳던 쉼 없는 작업, 작업들
불혹을 넘긴 후에야 제 몸 귀한 것을 알아
돌보고 싶은데
자연은 소유권이 없어
보호해서 후손에게 물려줘야 하듯
이 몸도 내가 쓰고 있는 한 고이 써서
떠날 때 두고 가야지

우리도 저 먼 별에서 마실 왔다가
잠시
육신에 머물다 가는 나그네일 뿐이니

개나리

내가 그렇게 작업을 해도
넘어 오지 않더니

겨울서방이 잠시
집을 비운 뒤

강남에서 불어오는
봄바람에 몸을 헹구고

추어탕집 냄비 속
두부로 몸을 숨기는 미꾸라지들처럼

미지근한 바람에도
입을 헤 벌리는
에이

헤픈 년

벚꽃

꽃들도

한 해를 살려면

하늘에게

거수경례擧手敬禮를 해야 하나보다

이렇게

돌아가는 곳

고추 모 가식하다 하우스에서 발견한
꿈의 주검 하나
작년 여름 그렇게 울어대던
수많던 곤충들은 모두 어디로 갔을까?
구제역 처방전처럼 몰살처분 한 사람도 없는데
흔적도 하나 남기지 않고
썩을 시간도 부족한데
모두 약속이나 한 듯 가버리고
또 올 때는 누군가 전체 문자 메시지를 보내겠지
한 겹도 못 사는 세상을
미물들은 일 년을 한 겹으로 살면서도
순리를 거스르지 않는데
그들보다 100배는 더 사는 인간 세상은
부끄러우니 그렇다면

우리는
그들에게 무엇을 배워야 할까

3부

참매미

삼복더위에 태어나
기를 쓰고 연주를 하는데
인간들은 날 보고 울어댄다고 한다
일주일을 살 놈이
꼴에 무슨 사돈은 맺어 갖고
전라도 사돈과 통화를 하는데
"사둔은 전라도랑께 전라도랑께 그렇게 연주하서?"
전라도 사돈 왈
"아니 사둔은 강원도래요 강원도래요 그렇게 울어 쌓소?"
반문한다
생이 얼마 남지 않은 두 사돈은 화해를 하고
웃으며
우리는 "맴매엠 맴맴엠, 맴매엠 맴맴엠" 합창을 하며
인간들은 남도랑 북도랑 사투리를 쓰는데
미물인 우리는 표준말로 울어대니

그렇다면
우리가 인간들보다도 낫다는 얘기

주천의 연蓮

주천酒泉

그곳에 가면
샘(泉)에는 술(酒)이 솟고
논에서는 연꽃이 핀다는데

아주 오래전
심청이가
용궁龍宮에서 타고 왔다는
꽃봉오리

하늘의 선녀仙女들은
모두
어디로 숨었을까

이렇게
고운 색 비단들을
형형색색形形色色 펼쳐 놓고

사슴들의 눈이 무서워

차마
날개옷을 짓지 못하니

그냥

두고두고
볼 수밖에

단풍

해마다
겨울을 나기 위해
하늘에 告해야 하는
申告式

뜨겁구나
나의 가슴 불쏘시개에
119도 끌 수 없는
불을 당겨 놓고

모랑가지로
돌아가는
그는

수주별곡水周別曲 48

사월 초파일 지나고 논을 삶아 놓으면
흙탕물이 가라앉은 맑은 논바닥은
낮에는 요선정을 비추는 거울이 되고
밤에는 일 년 만에 유일하게 몸을 씻는
설귀산의 목욕탕이 된다
누구처럼 날개옷이 없어 움직일 수 없음을
어찌 알았는지
그날 밤만은 요란하게 반상회를 하던
먹머구리 비단개구리들도 슬며시 마실을 간다

미물도 순리를 지켜주는
저 오묘한 섭리

단풍 3

해마다
이맘때면
유혈이 낭자하는 상흔

임신도 할 수 없는
1년 치 생리 흔적을
온 산에 뿌려 놓고

겨울잠 들기 전
잠시
손님을 맞이하는
서러운 영혼식

비둘기

퇴근 후 본가에 들렀더니
빈 새장에 흙빛 비둘기 한 마리
연유를 물으니
소 먹이려는 콩깍지를 훔쳐 먹길래
어머니께서 붙들었다고
말없이 놓아 드리라고 하고
잠자리에 들었다가
새벽 다섯 시 무렵 눈을 떴더니
열어놓은 창문으로 들려오는
맑은 비둘기 울음소리
구구구구 ― 구구구구
고맙다고 우는지
상쾌한 아침이라고 우는지

온종일 내 머릿속도
구구구구 ― 구구구구

조만간 사라질 말들을 위하여

봉당, 구들, 아랫목, 웃목, 지게, 지게작대기, 바지랑대, 이엉, 멍석, 소여물통, 묵낫, 양낫, 소죽가마, 소두방, 소죽부엌, 소여물, 보고래, 멍애, 도리깨, 콩깍지

댑싸리비, 싸리비, 댐박, 접때, 갯따가, 물래, 메했다, 깍지깡, 묵구구덩이, 손칼국수, 홍두깨, 국시안반, 국수꼬리, 문풍지, 창호지, 엿, 수수엿, 수수부꾸미, 묵구시래기, 들기름, 벌초, 성묘, 상여, 선소리, 제사, 세배, 차사, 곡소리, 상옷, 이장
　어디 이뿐이랴
　혹 더 사라질지도 모르는
　부모, 형제, 아부지, 어머니, 오빠, 언니, 동생, 형, 누나, 사촌, 오촌, 육촌, 사돈까지
　수천 년 내려온 말들의 부스러기가 살고 살아서
　여기까지 왔는데
　얼마나 귀한 언어들이 빠르고 각박한 시간들의 핑계에 쫓겨 사라질까?
　사형선고를 받은 시한부 생명들처럼
　2010년을 살고 있는 우리는

오늘도 시퍼렇게 날이 선 작두 위를
맨발로 살고 있다

시집은 왜 내는가?

4년 전 애들 불장난처럼 낸 시집이
잊혀져 갈 무렵
우연히 검색하다가 발견한 『계모같은 마누라』
그것도 중고 서점이라니
권 당 4천 원
저자도 꿈도 못 꿀 그 가격
저것을 주문을 해 말어
누가 내다 팔았을까
핏덩이를 몰래 내다 버리고
성장한 아이를 보고
쉽사리 접근 못 하는 부모들처럼
심란한데

밥도 안 되고 그렇다고 돈도 안 되는
시집은
왜 내는가?

조의금

같은 직장에서 20년 넘게 함께 근무하던
띠동갑 형님이 소천하셨는데
살아생전 문병 근처에도 못 갔다
산다는 게 뭐 그리 바쁜지
같이 근무하던 시절
나도 다른 직원들도 그 형님 도움
참 많이도 받았는데
막상 부고를 듣고 야근을 하느라고
서랍 속 봉투를 꺼내서 조의금을 넣는데
하필 주머니에 삼만 원만 있을 게 뭐람
같이 근무했던 정으로는 오만 원도 십만 원도
더 넣어야 하지만
그냥 넣어 보내면서 왜 그리 미안한지
사람은 누구나 저승 갈 때 삼십 원만 갖고
간다고 하지 않던가?
삼우제 지난 후 그 형님 맏이를 만났는데

형님을 만난 듯
내내 미안했다

서러운 홀아비들의 저녁식사

나무가 겨울을 나려면 물이 내리듯
새해를 맞기 위해 달려온 12월

모친 출타 중인 본가에
사랑방 누룩 뜨는 냄새의 아부지가
10년 전 끊은 담배의 마른기침으로
기다리시는 곳
우무실*

꽁치 통조림을 콘크리트 반죽 비비듯
김치와 섞어 버리고
여름 낮
가마솥에 삶다 식은
바가지의 속 같은 찬밥을 떠 넣으면

먼저 드시고 내내 기다리던 아부지는
강아지들이 어미젖을 다 빨고 난 후
어미개가 밥그릇을 당기듯
식은 꽁치찌게에 김 나간 소주를 쏟으신다

한 잔 거들고 싶은 욕망이
발정 난 황소처럼 들지만
그래도 꾹 참고 침묵하는 게 좋다는 것을
알았을 때

아들은 불혹을 넘었을 거고
언제 또 다시
모친 출타하고 둘이 오붓하게 식사를 해 볼까

오늘 밤 각자의 방에서 비름박을 긁으면서
또 다른 꿈을 꾸리라
"아부지 한잔하시죠"
"아들아 한 잔 할까"

낼 아침 설귀산**의 겨울 안개가
마른 메아리로 녹을 때까지

*강원도 영월군 수주면 무릉3리지명 우물이 난다고 유래됨
**영월군 수주면에 위치

매운 닭발집에서

1차에서 거나하게 걸치고 나면
갈빗대를 잃은 아담처럼
굶주린 하이에나의 눈으로
찾는 매운 곳

아까 그렇게 많이 먹었어도
닭발 들어갈 곳은 남았나 보다
또 주문을 한다
매운 닭발 닭 날개를
그래 사람도 퍼스트보다
세컨드가 더 좋다고 했던가

신선놀음에 도끼자루 썩는 줄 모른다고
1차에 마비된 간장肝臟은
아무리 쏟아부어도 족할 줄 모르고
연실 러시아사람들이 해바라기 씨앗을 발리듯
닭발의 오도독뼈와 살을 분리하고
남의 살이 된 세 치 혀는 이슬이 감싸고

그렇게 죽을 뚱 살 뚱 모르고
"위하여"를 외쳐 대지만
정작 돌아갈 집에서 문자오는 사람은
하나도 없다
퍼스트래서 그런지

아마도
청양고추 맛의 쫄깃쫄깃한 닭발은
그리움과 사랑의 중간쯤 되는
중독성인가보다

설날 마누라랑 장보기

시골 가야 된다고 구시렁대는 마누라를 위해
설거지며 빨래 널고 개고
청소기 돌린 후
이불 깔고 마트 갔는데
그놈의 잔소리는 쉴 줄 모른다
주위를 둘러보고 아무도 안 보길래
살짝 알밤을 한 대 주고는
혼자 보라고 나오면서
다음 생에 환생해서 당신과 결혼하면
벙어리였으면 좋겠다고 했더니
차례 지내러 새벽 춘천 가는 길
아무 말 없다
자냐고 물어도 대답 없고
아마 잔뜩 부은 가 보다

도착해서 한마디

당신도 꽤 시끄럽거든
그리고 난 환생 같은 거 안 해

소주 한 병

일주일을 혹사한 몸들이
금요일 저녁 회식을 하는데
사람은 여럿이라도 소주는 꼭
한 병만 시킨다
한 병 돌려봐야 일곱 잔 반인데
추가할 때도 또 한 병이다
이른 초가을 새벽 샅속의 민물고기들처럼
손님들은 오글오글하고
홀에서 심부름하는 사람들도 널 뛰듯 죽겠다는데
너도 나도 한 병, 한 병이다
아니 두 병씩 시키면 안 되냐고요

뭐
밤술은 홀수라고
먼 귀신 닭다리 뜯는 소리여

악몽 2

그녀는 꿈속에서 늘 시한부 생명이었다

내가 꿈꿀수록
충전되는 스마트폰 배터리처럼 생명이 연장되고
행여 잠을 설치는 날은
집행을 기다리는 사형수처럼 불안해했다
잠을 자고 꿈을 꿔야만 만날 수 있는
늘 보름달의 앞뒷면과 같이
의식과 무의식 세계에서의 공존
아무도 그 끝이 어딘지
언제 잠을 깰지 묻지 말고
그냥 고이 간직하고 싶은데
잠들기는 두려워하고
꿈꾸기를 기다리는
몽중인 사랑
오늘 그녀에게 호흡기를 뗐다

오늘 밤 다시 꿈을 꾸면
살아있는 그녀를 만날 것이다

4부

자벌레

분명
이렇게 말씀하셨지
아부지께서는
저 늠이 한 자씩 재서 키를 다 타 넘고 나면
그 사람이 죽는다고
그래서 몸에 붙으면 기절초풍을 했지
한 자 한 자 걷는 것을 보면
잠시 부러울 때도 있지
나처럼 추돌사고로 허리며 목디스크는
모를 것 같아서
그래도 기를 쓰고 죽을힘을 다해 걷는 것을 보면
오라는 곳이 있는 모양인데
혹 어제 뒷집에 꿔준 이슬을 받으러 가는 건 아닐까
나도 잠시 잊기 위해

허리 한 번 굽혔다가
곧게 쩍 펴 본다

첫눈

선전포고는 고사하고
목격자도 없이
밤새 기습적으로 내렸으므로

고로
너는 무효다

임플란트

영원 산성 입구 모랑가지 삼거리
높은 언덕에
식전부터 한창 임플란트 공사 중
승용차도 10년 넘으면 수리비에 목돈이 들고
사람도 마흔이 넘으면
생애 전환기 검진을 받지 않던가
평창 동계 올림픽 덕분에
새 도로가 어디로 뚫릴지도 모르는 상황에서
그래도 조강지처가 제일이라고 하는 임플란트
오가는 승용차 교통정리를 하는 남자 간호사
오른쪽이 빈 소매다
언젠가 그도 양팔로 뜨거운 세상을
으스러지게 안은 날들이 있었으리니
왼팔의 수신호를 받아 그 옆을 지나는데
산사태 방지 공사보다

그 사람 오른팔에 잘 맞는
임플란트 하나 심어 주고 싶었다

사재반점

영월군 수주면 법흥리에는 유일하게
중국집이 하나 있는데
바깥양반 성격이 부처님이라 늘 예약 손님이 넘쳐나도
꼭 뒷방 하나는 비워두고 장사를 한다는데
배달하지 않으니 시간적 여유가 있고
양념이며 채소야 직접 심어서 뜯어 오니
손님 밥상은 늘 신토불이
수타면이니 맛은 기본이고
법흥사 불자들도 구봉대 등산객도 벌초 성묘객도
그냥 지나칠 수 없어
잠시 그 집 손맛에 허기를 추스르고
그렇게 바쁜 일과가 끝나고 문을 내린 후
귀한 손님 드릴 정갈한 음식은 따로 한 상 차린다던데
법흥사 부처님도 그 맛을 못 잊어
저녁 예불 끝나면 살짝 내려오서서
짜장면을 맛있게 자시고 간다는 설이 있다는데
나도 소문 듣고
요선정 사시는 신선 몇 분 모시고

그 집 마루 복판에 앉아 청해 본다

주인장!
여기 짜장 셋, 짬뽕 둘이요

짜개라는 의미

어린 시절 집 앞 강에서 잠수를 하면 꼭 들려보는 짜개
그곳은 늘 쏘가리 집이었다
한 마리 찌르고 나서 다음에 가도
꼭 돌 세간에 붙어있는 쏘가리
우린 쏘가리 바위라 부르기로 했지
짜개도 사람으로 말하면 쉼터라고나 할까
저 강물 속에도 보이지 않는 규율이 있어
강한 자만이 아니 쉬고 싶은 자만이
짜개에 몸을 넣는가 보다
열서너 살 때 본 짜개인데
나도 쉴을 바라보는 나이가 되었으니
내 몸도 이젠 짜개가 그립다
아니 쏘가리가 되고 싶다
그렇다고 잡아먹을 사람이야 있겠냐만은
짜개에 몸을 쉬고 싶나는 것은 폭풍과 장마에
시달린 탓도 있겠지만
그런 바위가 다 사라져 가는 요즘
사람들 마음과 마음 사이에

짜개 하나 만들어 놓고 싶은 것은 아닌지

오늘 저녁 곰곰이 찾아볼 일이다

증축 그리고 신축에 관하여

주천 지서 옆 사거리
오래된 전파사 건물을 뜯는데
시장사람들 기억도 함께 헐어내고 뼈대만 남겨뒀다
칼국수를 먹고 오던 직원들이 신기한 듯 물었지만
그는 이미 알고 있었다
다 부수고 새로 지으려면
비용과 세금 행정절차가 쏘가리를 작살로 찌른 후 뺄 때처럼
아주 복잡하고 조심스럽다는 것을
여자도 결혼 전 이놈 저놈 만나보다 식을 올리면 초혼이고
첫날밤도 수없이 치렀으면서도
정식 결혼 후 치르면 그게 첫날밤이라고
뭔 말도 안 된다는 여직원들 말을 뒤로하고
그 집 모퉁이를 돌아서는데
지붕도 없이 뻥 뚫린 지붕 위에서
날아온 시멘트 가루가

짓궂은 장난 그만하라고 눈에 들어가
알 수 없는 묘한 눈물을 밀어냈다

느낌

동트기 전
설귀산 앞 요선정의 미륵불 지나
법홍사 마당 복판複瓣에 서면
구봉대산이랑 사자산이랑 백덕산들이
부처님 몰래 나누는 대화 소리가 들린다

나
혼자 느낄 수 있는
아주 은밀한 언어로

하지夏至 오기 전에
화약골로 천렵川獵을 가자고

목욕탕에서

그곳에서는 부끄럽지 않단 말이야
가식을 훌훌 벗고
한 치 아니면 세 치들이 자존심을 앞세워
아랫배에 힘을 주고 들어서면
겸손한 물들은 알아서 드러눕고
세상을 다 만져 본 듯한 거북이 등가죽 같은 손바닥으로
욕심을 밀고 육신을 밀고
거품처럼 빠져나가는 제 살점의 일부
그랬을 거야 그도 그 옛날
가마솥에 물을 데워 고무 함태기에서 등을 밀어주던 어머니를
뜨거운 탕 속에 엎드려 발장난을 하며
떠 올릴 거야
시방 잠시 떠 올릴 거야
벗고 살던 시대에는 욕심도 근심도 없었다는데
아직 세상이 이 만큼 유지되는 것도
일주일에 한두 번 목욕탕에서
옷을 벗어주는 사람들 염원 때문이라는 데

⟩

아 시원하다

참 시원하다

망년회

해마다 12월이면 뭐가 그리 잊을 게 많은지
모여서 기억을 지우는지 세월을 지우는지
잊기는 잊는 모양이야 작년에 모이고 또 모이니

중소기업에 관하여

별장도 없으면 갖고 싶고
있으면 관리하기 골치 아프다고
죽은 댁 하나 경영하는 게
중소기업 하나 경영하는 것만큼
어렵다고
그 중소기업 멀리 두지 말고
가깝게 하나 만들라고 한다
그것도 새로 하나 만들려면
법인도 설립하고
사업자도 새로 내야하고
4대 보험도 취득신고 별도로 해야 하는데
큰맘 먹고
세무서 마당까지 갔다가

나는
아무 생각 없이
돌아섰다

도루묵에 대한 예의

점심 댓바람부터 바람을 잡던 여직원은
무신 날 푸대로 그것도 만 원에 샀다고 난리 길래
잔뜩 기대를 하고 찾는 구내식당의 도루묵찌개
그저 태평양은 바다도 아니고
중늙 마빡 씻은 물은 할아부지라고
식사하는 직원마다 움찔움찔하는데
냉장고 구석의 이슬님을 꺼내서
몇 순배 돌리려는데 너두나두 외면이다
굳이 예의를 지키라고
한 잔은 해야 한다고 다그쳤지만
돌아오는 싸늘한 냉기
살 없는 도루묵은 알이 없어서
할복도 못 하고 탕 속으로 깊이
잠수를 하는데
찌개 맛이 없는 것은 네 탓이 아니라고
굳이 변명하기도 미안해서

그에게 예의를 지키려고

낮술로 세잔
연거푸 들이켰다

껍데기는 가라고?

부여로 문학기행을 떠나는 날
사무국장은 일정표 밑에 그의 시를 넣었다
진천을 지날 무렵 어느 시인이 낭송한
껍데기는 가라, 껍데기는 가라
가만히 생각해보니
이 버스의 40명 문협회원들 평균나이가
쉰 살도 훨씬 넘었는데
껍데기는 가라니
참석한 회원들 전부가
아들딸 하나에서 많게는 다섯 명까지 낳은
빈껍데기들 아닌가?
알맹이는 집에 두고
이런, 껍데기만 왔으니
생가生家랑 문학관을 돌아보고 잔디밭에서
기념촬영을 하는데
서른아홉에 돌아가신 신동엽 시인이
손을 저으며 얼른 가라고

〉

미소로, 껍데기들은 얼른 가라고
배웅을 해주고 있었다

침을 허락하다

맞벌이에 시달리다
40 중반을 넘긴 줄 모르는 집사람과
나란히 팔다리에 침을 맞는다
하기야 바쁘게
앞만 바라보고 살아온 세월
승용차도 5천 킬로 넘으면 오일을 교환하고
사람도 마흔이 넘으면 철이 들지 않던가
이젠 내 몸에도 침을 꽂아
잠자고 있는 내 몸의 치유능력을 깨우고 싶은 것이다
간호사가 집사람의 침을 빼는 것을 보고
슬쩍 발동하는 장난기
보세요 이 사람 찔러야 피 한 방울 안 나오는 사람이에요
내가 이런 사람과 20년을 넘게 살았다고 했더니
웃는 간호사 뒤로
여섯 번째 뺀 오른쪽 새끼발가락 사이에서
나오는 저 붉은 선혈
아! 그래 당신도 사람이었구나
애들도 남들의 두 배를 낳고

1인 3역을 해내던 강한 당신도
붉고 따뜻한 피를 소유한 사람이었구나
내 몸에 꽂힌 침을 몸으로 밀어내는 데

여섯 구멍의 침 자리 자리마다
차례차례 미안한 눈물이 솟았다

감자꽃

이른 봄

깍두기처럼 토막 난 온몸에
나뭇재를 뒤집어쓰고
그 넓은 비알 밭으로 뿔뿔이 흩어진
제 흔적을 찾기 위해
몇 달 며칠을 땅속에서 기다리다
불러오는 배를 참지 못하고
하지가 오기 전
딱 한 번만
세상을 볼 수 있는

보라색 당신

5부

낙엽

가끔은
평생을 그렇게 살 것 같았지만

바람이 주고 간
슬픈
바코드 같은 화인火印에

잠시

떨어지는
서러운 영혼

조강지처를 바꾸다, 혹은

실은 보내기 싫은 것이다

11년 함께 산 당신의 심장을 이식하고
돌아가던 길, 계기판에 들어 온 빨간 경고등
참 많이도 살았다 우리는
289,000키로

육신도 주인을 잘 만나야 호강을 하듯
애들 많고 장거리 출퇴근하는 지아비 만나
매일 왕복 2백 리를 오고 가느라니
얼마나 고달팠을까

한창때는 힘이 펄펄 넘쳐
제 주인을 목숨 걸고 구해준 적도
여러 번
그 증표로 내 등에 찍어준 강렬한 화인火印

너의 동의 없이 난 오늘 결정해버렸다

미안한 마음에 몇 군데
건강 검진 후 낯선 곳으로 보내려 한다
그런데 그거 알아야 해, 아니 알아야지

새로 오는 것도 쉬이 정이 들지 못하고
그거 또 새로 가르치고 길들이려면
골 아프다는 것을

그 고마움에 새로 오일 같고
링거 맞춰서 보내니
너무 서운해하지 말기를

네가 싫은 게 아니라
달리다가 네가 설까 그게 두려운 거지

그것을 내게 들킨다는 게

신림에서
― 12회 생명문학제 시화를 전시하고

상원사 입구 등산로에
시화를 걸고 철수하는데
뒤통수가 따갑다
언제 어느 나무가 말을 옮겼는지
온산이 소문으로 메아리다
그 눔은 바람둥이래 바람둥이래
둥이래, 래에 바람
그 많은 소나무를
사다리를 타고 시화를 건다는 핑계로
한 번씩 안아봤다지
의사는 물어보지도 않고
무작정 작업만 걸었다지
얼굴이 붉어진 소나무들은
황금장송의 먼 후예들이라지
이미 일행들은 성황림을 지나는데
마침 마실 다녀오던 신령님이
저 무성한 소문
마음에 담아 두지 말라고

해마다 인간들이 걸어주는 고마움에
우리가 보답으로 그냥 낯설게 쓰기를
입으로 해본 거라고

 내년 이맘때도
꼭 걸어달라고

성냥을 긋다

모친을 모시고 찾은
매포의 법당 대웅전에서
초를 꽂고
퇴계선생 누워있는 돈표 성냥갑
한 개피 성냥을 긋다
피! 치! 피어오르는 저 불꽃
삼척 촛대 바위 같은 굵은 촛대마다
불 보시를 나눠 주고
염불하는 팔순의 도니를 돌아보는데
도니 보다 먼저 부처를 모시다가 떠난 이들의
사당과 사리탑이 처량하게
봄 소낙비에 젖고 있다
우리네 생도 저 불꽃 같아서
홍하다가 저렇게 돌아가겠지
남아있는 이가 내신 또 그 일을 해 주고
대웅전의 부처님만 그들의 윤회를
미소로 보고 있는데
어리석은 중생이 촛불 보시를 하다가

해탈의 대화를

우연히 아주 우연히
엿듣고 말았다

아빠 시 쓰지 마

여섯 식구가 둘러앉아 저녁을 먹는데
대뜸 여덟 살짜리 아들이
아빠 시 쓰지 마 시 쓰면 다 굶어 죽는다면서
우린 식구도 많은데 아빠 죽으면 안돼
아빠가 시 쓴다고 늘 자랑스럽게 여기던 녀석인데
얼마 전 내 이야기를 맘에 두고 있었나보다
시만 쓰면 굶어 죽는다고
시가 밥도 안 되고 돈도 안 된다는 세상의 이치를
여덟 살짜리 아들은 이미 깨달은 거다
그래도 뭐 하나 써보겠다고 끙끙대는 사람들도 허다할 텐데
아빠는 그래도 직장이 있잖아
대한민국의 시인들은 모두 어디로 가야 할까?
심란하게 몇 술 뜨고 일어나려는데

아빠 시 쓰지 마 굶어 죽어
또 한마디 한다

법홍사 산신각에서

음력 유월 초아흐레 손 없는 날
일찌감치 법홍사 산신각에 오르는데
살생을 하지 말라던 부처님 말씀을 뒤로하고
풀 깎는 인부들 예취기의 요란한 독경 소리에
맥없이 잘려 나가는 풀들의 주검들
측은지심으로 바라보며
약사여래전에 드는 데
사자산 벼랑 틈에서 메아리로 들려오는
부처님 말씀
중생아, 중생아,
이 어리석은 중생아
그게 다 업이고 업일지니
너는 그냥 절만하고 가라고

그러시는데
그러시는데

주문진 바닷물을 훔치다

통영 문학기행 때
거제도 학동해변에서 하루 유할 때
자갈 하나 갖고 나오다 동네 처자에게 혼이 났지
몽돌은 거제도 보물입니다
가져가시면 아니 아니 아니 된다고
문인의 자격으로 갔다가 얼굴이 벌게 내려놓고 나니
몽돌이 그것 보라고 서로 이죽 거렸는데
어제 주문진 해변에서 미역 먹던 조개를 잡아
아침 해금물 갈아주려 바닷물 한 바가지 떠오는데
아무도 뭐라는 사람이 없다
심지어 보는 이도 관심도 없고
껍질 속 미물들 몇 시간 살리겠다고
도둑 아닌 도둑질을 하고
심장이 벌렁 벌렁임을 느끼는 것은
혼자만의 착각일까
아직도 미련한 양심은 남아
죄책감을 느끼면서 바다를 보는데
더도 덜도 말고

주문진 바닷물은 딱 그만큼만 있고
죄 없는 해변 모래만 용의선상에 올라 시달리다가

힘없는 사장들을 사정없이
내주고만 있었다

반계리 은행나무

오래된 그가 보고 싶어서 간 것은
아니었다
그가 불러서 갔을 뿐

말이 그리웠던 그는
들어줄 사람이 필요했던 것이다

초록 이파리의 초대장을 받고 갔더니
연실 이야기한다
저러면서
입이 간지러워 8백 년을 어찌 살았을까

수년 동안 묵었던 이야기는 말고
최근 이야기를 들려준다
가지 위 비둘기는 추임새를 넣고
앞집의 쇠비듬댁들은 기립을 하는데

너희는 내 뿌리위에 가만히 앉아

있기만 해도 된다고

본디 인간이 갈 길과 내 가야 하는 길들이 다르니
그냥 그렇게 들어주기만 해도 된다고
그러나
내게 들은 말은 옮기지는 말라고

그래도 또 듣고 싶으면
다시 와도 된다고

이상한 계

영월군 수주면과 주천면에는
법 없이도 살 수 있는 부처님 가운데 토막 같은 처사들이
월궁항아 같은 마나님들을 모시고
무엇이 그리 급했는지 딸 셋을 연거푸 내리 낳은 처사들이
일곱 명이나 살았는데요

그중 무지렁이 중생 한 명이 슬쩍 그들을 모아 계를 만들어
한 달에 한 번씩 유사를 뽑아
자주 모임을 가졌는데요
그때마다 죄 없는 이슬들만 후달궜다지요

그 중생은 얼마 후 아들을 낳았는데
그래도 이 계를 계속 유지하고자
정관을 슬쩍 고쳐놨다지요

다른 처사들 몇몇도 아들을 낳고
계원들은 손바닥 속의 모래알처럼 모두 흩어졌다나요

〉

이젠 세월이 많이 흘렀지만
시방 생각해봐도 참 신기하지 않나요?
어떻게 그런 계를 만들 생각을 하고 또한 이름도 짓지 않고
여태껏 유지해 왔는지

지금도
주천 장날이면
다래산을 타고 넘어온 바람이 들려주는
망산의 전설 같은 이야기들이
진실인지 아닌지
사람들은 아직도 옥신각신한답니다

시를 쓴다는 건

사실 시인들은 하나 둘 자신도 모르는 不倫을
시와 쌓아 가고 있는지 몰라
현실과 영적인 세계를 오가는 그 길을
잠시 게을리한다면
그게 가능할지도 몰라

가끔은 아주 가끔은
친한 사람들에게도 외면당하고
세상에도 따돌림당할 수 있다는 걸
시인만 모를 수 있단 말이지
벌건 대낮에도 그 세계를 본다는 건
사실 좀 미안한 일이지
늘 저곳에 젖어 있다면
산다는 건 중요한 것
중요한 건 산다는 것을 잊을 수도 있지
그럼 안 되는 거야
그건 말이야
몇 년 전 반계리 은행나무에게 들은 말을

옮기지 않은 것처럼

반드시

혼자만 알아야 하는 것이야

그게 그런 것

내 고향의 앞산과 뒷산은
일찌감치 제천의 시멘트 회사에서
山의 의사는 묻지도 않고 상고머리로 깎아버렸다
그때는 그 사실을 몰랐다
산에서 나오던 그 허연 석회를 무쇠솥에 볶아야
시멘트가 된다는 사실을
마흔이 넘어서야 기억하려 했지만
기억은 복원되지 않았다
산이 단발령을 당하는 것을 보면서
내 기억도 함께 잘려 나간 것이다
사람도 그런 것이다
변하는 모습을 너무 많이 바라보고 있으면
그 사람의 좋은 모습은 다시 기억할 수 없는 것이다

그게
그런 것이다
다 그런 것이다

혼자 먹는 밥

혼자 밥을 먹어 본 사람은 안다
허기虛飢보다 더 견기기 어려운 것이
외로움이라는 것을

오늘도 해장국집에서
아침 공양供養을 위해 홀로 온 처사處士들이
여기저기 드문드문 앉아서 공양을 하는 데
표정들이 하나같이 그 衆生들만 못 알아보는
인자한 부처님 얼굴이다
그리 외로워 마라
어차피 사람은 혼자 왔다가
흔적을 남기든 안 남기든 갈 때는
혼자가 아니던가
각박한 세상살이에 아웅다웅하지 말고
풀고 또 베풀다 가면 될 일을

아침공양 한 그릇에
나는 작은 불사佛事를 하나 세운다

청평사에서

산신각에 절을 하고 내려오는 내게
그는 물었다
무엇을 빌었냐고
웃으며 아들 하나 더 낳게 해달라고 빌었다 했더니
뜨악한 표정
이젠 제발 그런 거 묻지를 마라
청평사 찾아오는 불자들이 수백에 수천 명도 넘을진대
그 소원 하나하나 다 들어주시는 부처님도
참 힘드시겠습니다

회전문을 지나오는 데
나한전의 심육나한十六羅漢님들이
이 불쌍한 중생들의
대화를
미소로 가만히 내려다보고 있다

유머, 해학, 불심으로 빚은 인본주의 시

손해일 시인, 문학박사, 국제PEN 한국본부 이사장

유머, 해학, 불심으로 빚은 인본주의 시

손해일

1. 들어가면서

2006년《조선문학》으로 등단한 서봉교 시인(이하 서 시인)이 2007년 첫 시집『계모같은 마누라』에 이어 12년 만에 두 번째 시집『침을 허락하다』를 엮는다고 작품해설을 청해왔다. 마음으로 축하드린다. 서 시인은 필자가 고양시 서삼릉 인근의 농협대학 교수시절 아끼던 제자이다.

당시 필자는 농협대학에서 교양 국어를 강의하고 교지 지도와 사무처장(당시는 서무과장)보직을 맡아 학교 살림을 전담하고 있었다. 2년제 농협대학(지금은 3년제)은 규모는 작지만, 캠퍼스가 아름답고 전액 장학금에다 기숙사 생활을 했다. 졸업 후 단위농협에 전원 취직이 보장되는 좋은 조건이어서 전문대학 중 최고의 커트라인으로 전국의 우수학생들이 몰렸다. 대부분 농촌에서 농협 조합장 추천으로 응모한 학생들이라 자질이 우수하고 성격도 순박하였다. 필자 역시 농협중앙회의 농협인이라 강의에 열정을 다하고 학생들의 자부심과 사명감 고취에도 주력했다. 교양과목이지만 교재도 서울대 〈교양국어)를 택해 가르쳤다.

재학 중 서 시인은 간간이 내방으로 자작시를 가져와 지도를 청했기에 기억이 남다르다. 졸업 후 강원도 영월 주천농협에 발령받아 근무하면서 결혼을 한다기에 당시 필자는 부산에서 근무하던 중임에도 영월까지 찾아가 축하를 해주었다. 한 번은 강원도 영월 서 시인의 고향집으로 초대받아 하루를 묵으며 시골정취를 느낀 적도 있다. 서 시인이《조선문학》으로 등단 후에는 원주에 거주하며 다년간 원주문협의 사무국장, 부지부장으로 성실히 봉사하고 현재는 감사를 맡고 있다고 한다. 서 시인은 가장, 직장인, 문인으로서도 아주 성실하고 모범적이라는 중평이다. 서 시인은 이후 필자의 권유로 현대시협과 국제PEN 한국본부에 가입하고 원주문협의 시화전 등에 필자를 초대하는 등 돈독한 교류가 이어지고 있다.

서 시인의 이번 시집 특징을 한마디로 한다면 "유머와 해학과 불심으로 빚은 인본주의 시"라 할 수 있다. 서 시인의 주된 관심은 가족과 주변인물을 비롯한 사람(인간)에 초점이 있고, 자연과 사물, 객관적 상관물을 소재로 할 때도 그 전개방식은 알레고리 의인화 기법을 즐겨 채용하기 때문이다. 자연이나 사물자체를 과학적, 낭만적으로 접근하는 게 아니라 인간의 프리즘으로 사물을 응시하며 소박한 인간성을 가졌다는 뜻이다.

서 시인 시의 다른 특징으로 불교적 소재와 비유가 많은데, 불교자체가 신성神性보다는 고해 같은 세상에서 인간의 깨달음과 해탈 등 인성에 초점이 있기 때문이다. 기법적으로는 유머와 해학을 주조로 한 생활 시들이 대부분이고 난해시가 아니라서 해설이 사족일 정도로 쉽고 재미있게 읽힌다.

문학비평의 방법론이 다양하지만, 대별하면 역사주의비평과 형식주의비평으로 나눈다. 전자는 한 문학작품이 나오기까지 작가의 출생, 가족, 학업, 직업, 시대배경 등을 총체적으로 살피는 입장으로 주로 심리학이나 신화원형비평 등을 원용한다. 후자는 작품 외적인 요인을 일체 배재하고 작품 그 자체를 중시하고 분석하는 입장이다. 주로 영,미 신비평가나 러시아 형식주의자들의 소위 '낯설게하기(러시아 쉬클로프스키의 주장)' 등이 여기에 속한다. 형식주의비평은 고도의 난해시, 운율연구 등 작품의 내적인 정밀 분석에 유효하다.

필자는 인간의 모든 행동과 문학작품은 그 근저에 인간 심리를 동인으로 한 지적 소산이라는 점에서 역사주의비평을 선호한다. 필자가 2018년에 작가심리, 작품심리, 독자심리의 세 측면을 중심으로 쓴 평론집『심리학으로 푸는 한국현대시』를 낸 것도 이런 연유에서이다. 이제 이런 내용을 전제로 75편을 5부로 나눈 서 시인의 작품세계로 들어가 본다.

2. 시에 대한 현실인식

작품분석에 앞서 서 시인의 문학과 시에 대한 인식이 드러난 몇 작품을 살펴본다. 저자 서문과「시집코너에서」「시를 쓴다는 건」「시집은 왜 내는가」「아빠 시 쓰지마」등이다. 이것은 서 시인뿐 아니라 우리나라 대부분의 시인들이 공감하는 현실 문제이기도 하다.

늘 서점 시집 진열장에 가면/ 공동묘지가 연상된다/ 낯
익은 시인들부터 아총兒塚같은 시인들까지 / 신교대 장병
들 열병식 하듯/ 가지런히 꽂힌 그들을 보면/ 지하대장군
들이 양옆으로 보는 것 같 고/ 가끔/ 독자들이 고르다 비
뚤비뚤 꽂아놓은/ 시집들은 주인 잃은 묘비// 저 한 권 나
올 때마다/ 곡소리 나지 않은 게 없을 것이고/ 울지 않은
상여가 있겠는가/ 세월이 가면 잊혀지는/ 주인 없는 무덤
처럼/ 그렇게 잊혀 지다가/ 유통기한이 없어/ 화장되지
못한 신인新人들에게 밀리고 밀려/ 골 방으로 가겠지/

ㅡ「시집코너에서」일부

이 작품은 시집 코너에 주욱 꽂혀 있는 시집들을 보며 작가
로서 느낀 감회를 말하고 있다. 그 많은 시집들이 모두 시인들
이 심혼을 쏟은 결과물일 텐데 유명시인부터 신인들의 시집까
지 열병식하듯 꽂혔다가 안 팔리면 퇴출되고 잊히는 묘지같은
현실을 시니컬하게 풍자하고 있다. 과거에는 1백만 부 이상
팔린 베스트셀러 시집도 여럿 있었지만, 요즘은 시집이 거의
안 팔리는데도 시인은 양산되는 기이한 현상이 지속되고 있
다.

사실 시인들은 하나둘 자신도 모르는 불륜不倫을/ 시와
쌓아 가고 있는지 몰라/ 현실과 영적인 세계를 오가는 그
길을/ 잠시 게을리한다면/ 그게 가능할지도 몰라// 가끔
은 아주 가끔은/ 친한 사람들에게도 외면 당하고/ 세상에

도 따돌림당할 수 있다는 걸/ 시인만 모를 수 있단 말이
지/ 벌건 대 낮에도 그 세계를 본다는 건/ 사실 좀 미안한
일이지/ 늘 저곳에 젖어 있다면/ 산다는 건 중요한 것/ 중
요한 건 산다는 것을 잊을 수도 있지/ 그럼 안 되는 거야/
…(하략)…

—「시를 쓴다는 건」 일부

시인이 시를 쓴다는 건 본인과 독자의 영혼을 카타르시스
하는 일이기에 축복이지만, 한편으론 시에 침잠할수록 현실
과 멀어지고 주위사람과도 좀 거리가 생기고, 아주 보수적인
직장이라면 별종 취급을 받기도 한다. 그럼에도 시를 버리지
못하는 게 시인의 숙명이다. 시에 젖어서 살더라도 산다는 자
체의 중요성도 잊지 말자는 시인의 다짐이기도 하다. 「시집은
왜내는가?」는 자신의 첫시집이 중고책방에 헐값으로 나와 있
는 것에 대한 자괴감의 토로이다. 다음 시는 어린 아들의 시에
대한 인식이다.

여섯 식구가 둘러앉아 저녁을 먹는데/ 대뜸 여덟 살짜
리 아들이/ 아빠 시 쓰지 마 시 쓰면 다 굶어 죽는다면서/
우린 식구도 많은데 아빠 죽으면 안돼/ 아빠가 시 쓴다고
늘 자랑스럽게 여기던 녀석인데 …(중략)… / 시가 밥도
안 되고 돈도 안 된다는 세상의 이치를/ 여덟 살짜리 아들
은 이미 깨달은 거다

—「아빠 시 쓰지마」 일부

3. 가족과 이웃 사랑, 인본주의

서 시인의 주된 관심사가 인간에 있다는 점은 이미 서두에서 밝힌 바 있다. 세상사 자체가 사람들과 부대끼며 사는 일이기에 당연할지 모르지만, 음풍농월의 낭만주의 시인이나 자연예찬론자, 극단적인 사회참여 시인도 많은 터에 시집 전편이 인간중심이라는 것은 특기할 일이다. 농촌 태생으로 농촌업무 직장에 다니며, 불교신자인 서 시인의 성향 자체가 그렇다고 할 수 있다.

철학적인 의미로 본 인본주의는 인간주의, 휴머니즘과도 상통한다. 유럽의 르네상스 문예부흥기에 팽배했던 "인본주의humanism, humanitarianism는 ① 인간이 모든 것의 중심이 된다는 사상. 즉, 신(神) 중심적인 세계관과 대조적으로 인간 중심적인 교의에 적용되는 말. ② 인간의 가치를 주된 관심사로 삼는 주의. 즉, 신의 실재 혹은 신의 비인간적 목적을 무시하거나 거부하며, 인간의 본성에 가치를 부여하고 인간의 이상을 실현하는 방편으로 종교적 감성 또는 덕성을 활용한다."

서 시인의 관심은 우선 가족에서 시작된다. 사회의 구성단위가 가족이고, 가족의 행복이 곧 국민의 행복으로 이어지기에 당연한 일이다. 특히 어려운 가운데 1남 3녀의 맏이로 태어나 본인도 1남 3녀를 낳은 서 시인은 맞벌이로 가정을 꾸려가는 아내에 대한 미안함과 고마움을 소재로 한 작품이 여럿이다. 첫 시집의 제목이 해학적으로 『계모같은 마누라』였던 것도 같은 맥락에서 유추할 수 있다.

좀처럼 샤워를 할 때/ 등을 밀어주지 않는 아내에게/ 새벽 잠꼬대로 "여보 등 좀 밀어줘" 했더니/ 난데없이 척추가 아파 엎드려 웅크려 자고 있는/ 내 등을 벅벅 긁는 것이었다/ 살짝 실눈을 뜨고/ 덕석을 어미 소에게 씌워주는 주인 눈치를 보듯/ 살피는데 분명 아내는 눈을 감았으렷다/ 그러면서 시원한 등 뒤로 잠시 생각해본다/ 죽어 꺼부러지려고 해도 신랑은 있어야 하고/ 허깨비 같아도 마누라도 있어야 한다고/ 그 긴긴밤 등을 누가 긁어 줄 것이며/ 늙어서 새 따먹는 소리는 또 누가 받을 것이며/ 말 상대는 누가 될 것인가// 짐짓/ 오늘 아침 밥상이 기대된다

─「부부」 전문

검은 머리 파뿌리 될 때까지 해로한 부부를 우리 속담엔 "늙어서 등 긁어 줄 사람"으로 비유된다. 온갖 풍파를 겪으며 미운정 고운정 애증으로 쌓은 부부관계는 당사자들만의 몫이다. 샤워할 때 등 좀 밀어달라는 얘기를 잘못 알아듣고 잠결에 등을 벅벅 긁어준 아내에 대한 애정과 믿음을 토로한 작품이 「부부」이다. 다음 예로 드는 몇몇 작품에서도 자녀사랑과 알콩달콩하는 부부애가 드러난다.

검은 머리 파 뿌리가 되자고/ 예식장에서 맹세하던 시절은/ 손바닥 속 수은처럼 모두 빠져 버리고// 낯선 성냥갑 같은 둥지 속에서/ 애들 넷 낳고 보낸 젊은 시절의 흔적들/ 안팎으로 맞벌이 한다고/ 쥐 지랄하듯 뛰어다닌 시

간들// … / 이제 16년 살았는데/ 아직 여름인데/ 무서리
가 너무 일찍 왔나보다// 앞으로 또 몇 번을 사면서/ 왼쪽
가슴살들을 한 근씩 한 근씩/ 도려내야 할지// 한 병일까/
두 병일까

—「아내의 염색약을 사면서」 부분

　처음 아내를 만났을 때는 / 마술의 주기를 알지 못했
다/ … / 결혼 18년 차, 살면서 늘어가는 새치를/ 발견하기
란 쉽지 않은 일/ 세면장에서 몰래 몰래 희석한 검은 옻을
칫솔로/ 바른 다는 것을 안 지는 몇 해 되지 않는다/ 아침
식탁에서 아주 당당히 젊어지는 약을 섞는 아내를 보고/
아! 이제 아내도 나이를 먹는구나/ …(중략)… / 염색약을
사다 줄줄만 알았지 정작 머리에 발라 주지 못한/ 불쌍한
인간이 나였구나/ …(하략)…

—「아내의 비밀을 엿보다」 일부

　이 두 작품은 요즘은 보기 드물게 아이를 넷이나 낳고 맞벌
이로 고생하며 어느새 중년이 된 아내의 염색약 심부름을 하
는 남편의 에피소드를 그린 것이다. 그 심리의 바탕은 부부애
와 자녀사랑이다. 한국의 평균 출생률이 0.93명으로 OECD국
가중 최하위인 현실에서 자녀 넷을 키우느라 고생은 되겠지
만, 성경말씀의 "자녀는 장부의 화살통에 든 화살"이라 많을
수록 든든하니 오히려 축복 아닌가. 아내와 가족사랑의 다음
작품을 보자.

주말에도 일에 몰두하다/ 점심시간이 간 줄도 몰랐는
데/ … /사골 순대국 한 사발에 뭔놈의 찬이 이리 많노//
얼큰하게 양념을 넣고/ 밥을 말으니/ 너무 시원해// 어젯
밤 회식한 아내는/ 몸조리 할 테고/ 면을 먹은 녀석들이
허기질 테니/ 속도 풀리고 애들도 먹이려고/ 안주인을 불
러 포장을 부탁하니/ …(하략)…

—「순대국밥집에서」일부

일에 쫓기다 늦은 점심으로 사골 순대국을 시원하게 먹고
계모같은 아내와 애들이 생각나서 포장을 부탁하는 가족사랑
을 유머스럽게 표현하고 있다.

맞벌이에 시달리다/ 40 중반을 넘긴 줄 모르는 집사람
과/ 나란히 팔다리에 침을 맞는다/ 하기야 바쁘게/ 앞만
바라보고 살아온 세월/ …(중략)… / 보세요, 이 사람 찔
러야 피 한 방울 안 나오는 사람이에요/ 내가 이런 사람과
20년을 넘게 살았다고 했더니/ 웃는 간호사 뒤로/ 여섯
번째 뺀 오른쪽 새끼발가락 사이에서/ 나오는 저 붉은 선
혈/ 아 ! 그래 당신도 사람이었구나/ 애들도 남들의 두 배
를 낳고/ 1인 3역을 해내던 강한 당신도/ 붉고 따뜻한 피
를 소유한 사람이었구나/ …중략… / 여섯 구멍의 침 자
리 자리마다/ 차례차례 미안한 눈물이 솟았다

—「침을 허락하다」일부

애들 넷 낳고 맞벌이로 고생하며 40대 중반이 된 아내와 나란히 침을 맞다가 느낀 감회다. "찔러야 피 한 방울 안나올 거"라고 간호사에게 농담을 했지만 막상 나온 피를 보고는 "여섯 구멍 침자리마다 차례차례 미안한 눈물이 솟았다"는 아내사랑 이야기다. 서 시인의 인간에 대한 관심은 가족과 자신을 넘어 이웃으로 확산되는데 동네 마을회관 풍경을 해학과 풍자로 그린 다음 작품을 보자

두릉의 마을회관에 겨울이 오면/ 누가 집합 종을 치지 않아도/ 하나 둘 모여 들고/ 분대장을 뽑지 않아도/ 할아버지 할머니로 나눠 인원 점검을 한다/ 아니 거시기네 할머이는 왜 안 왔어/ 응, 엊그제 죽었잖아/ 아니 그렇게 많이 자랑하던 재산을 어찌하고/ 에이 큰 아들놈이 벌써 다 해 먹었는데/그러면 속파먹힌 쇠똥이였어/ 저승 갈 땐 빈손이네/ 누구나 가슴속엔 품지 못할 시름 하나 둘 안고/ 7, 80년을 같이 산 사람들을 /눈여겨 훑어보는데/ 환갑을 갓 넘긴 사람들은 명함도 못 내밀고/ 막내 신세라/ 모두의 식사가 끝나면/ 회관 공동묘지 뒤로 달이 뜨기 전/ 화투로 운수 한판 떼고는/ 내일 보자고, 꼭 내일 보자고/ 차마 다 하지 못하는 말은 가슴으로 하고/ 집으로 향하는 모습을/ 요선정과 설귀산은 웃지도 못하고// 그렇게 천 년 동안/ 그냥/ 가만히 내려다보고 있다

— 「마을회관」 전문

두릉은 강원도 영월군 수주면 무릉3리 1,2반 옛지명이라는
데, 겨울철 마을회관에 모여 정을 나누는 농촌 풍경을 스케치
하듯 풍자했다. 저출산과 함께 농촌 초고령화는 우리 농촌의
당면 과제이다. 70년대 이후 급격한 도시화 산업화의 후유증
으로 수도권에 전체인구의 절반이 집중되면서 농촌은 갈수록
피폐해지고 있다. 자녀들이 도시로 떠난 시골집엔 독거노인
들이 대부분이다. 이들마저 죽고 나면 자녀들은 귀촌하지 않
기에 마을자체가 텅 빈 유령마을이 늘어나는 것이다. 어린애
울음소리 그친 지 오래인 농촌은 적막강산이다. 인구감소 문
제는 농촌만에 국한된 게 아니라, 수도권을 제외한 지방 중소
도시도 마찬가지여서 근본대책이 절실하다.

4. 불교적 사유와 유머, 해학, 풍자

서 시인의 이번 시집을 관류하는 정신은 불교적 사유이다.
불교자체가 기독교나 이슬람교처럼 유일신을 강조하는 신성
성보다는 부처의 중도사상을 바탕으로 , 인간의 길흉화복, 업,
윤회, 자비, 해탈 등을 강조하는 종교이다. 따라서 이 시집의
작품들은 불교신자인 서 시인의 불심을 바탕에 깔고 있다. 또
한 서 시인 작품의 표현기법은 '보여주기' 보다는 '말하기'가
많으며, 유머와 해학과 풍자, 아이러니 기법을 즐겨 구사하고
있다.

여기서 불경이나 불교교리를 상론할 지면은 없지만, 상식적
인 차원에서 중요한 몇 가지를 적시해 본다.

석가모니의 중도사상中道思想을 핵심으로 하고, 3법인三法印

(善因善果, 惡因惡果, 自因自果), 4성제四聖諦(苦, 集, 滅, 道), 5
온五蘊(色, 受, 想, 行, 識), 6상六相(總相, 別相, 同相, 異相, 成相,
壞相), 6도윤회六道輪廻(地獄, 餓鬼, 畜生, 修羅, 人間, 天上), 8
정도八正道(正見, 正四維, 正語, 正業, 正命, 正精進, 正念, 正定),
12인연因緣 등이다. 이를 전제로 불자인 서 시인의 불교적 사
유 작품을 살펴본다.

　　법흥사 둘러보고 가는 길/ 잠시 덜으러 해우소에 들렸
더니/ 근심을 덜어내는 처사님들이 쭈뼛쭈뼛 서 있는데/
갑자기/ 오른쪽 주머니에서 울려 퍼지는 핸드폰 소리/
"摩訶般若波羅蜜多心經마하반야바라밀다심경/ 觀自在菩薩
行深般若波羅密多時 照見五蘊皆空 度一切苦厄 舍利子
관자재보살 행심반야바라밀다시 조견오온개공 도일체고액 사리자"/
앉아서 덜던 처사도 서서 지퍼를 내리던 처사도/ 부엉이
눈을 하고 나를 쳐다보기는 마찬가지/ 도를 깨치고/ 경지
에 오르고 싶은 마음이야 굳이 법당뿐이랴/ 그것이 법흥
사 마당이던 해우소이던/ 깨치면 될 것을/ …(하략)…
　　　　　　　　　　　　　　　　　　─「법흥사 해우소에서」 일부

　　음력 유월 초아흐레 손 없는 날/ 일찌감치 법흥사 산신
각에 오르는데/ 살생을 하지 말라던 부처님 말씀을 뒤로
하고/ 풀 깎는 인부들 예취기의 요란한 독경 소리에/ 맥
없이 잘려 나가는 풀들의 주검들/ 측은지심으로 바라보
며/ 약사여래전에 드는데/ 사자산 벼랑틈에서 메아리로

들려오는/ 부처님 말씀/ 중생아, 중생아,/ 이 어리석은 중
생아/ 그게 다 업이고 업일지니/ 너는 그냥 절만하고 가
라고/ 그러시는데/ 그러시는데

—「법흥사 산신각에서」 전문

첫 번째 작품은 법흥사를 들렀다가 용무가 급해 해우소에
들어갔는데 핸드폰에서 터진 반야심경 소리에 모두 놀란 해프
닝을 해학적으로 그렸다. 두 번째 작품은 법흥사 산신각을 오
르다가 풀 깎는 인부들의 예취기로 맥없이 잘려나간 풀들에게
도 연민을 느낀다는 내용이다. 인간이건 동물이건 식물이건
모든 게 업이라는 이야기다.

모친을 모시고 찾은/ 매포의 법당 대웅전에서/ 초를 꽂
고/ 퇴계선생 누워있는 돈표 성냥갑/ 한 개피 성냥을 긋
다/ 피! 치! 피어오르는 저 불꽃/ 삼척 촛대 바위 같은 굵
은 촛대마다/ 불 보시를 나눠 주고/ 염불하는 팔순의 도
니를 돌아보는데/ 도니 보다 먼저 부처를 모시다가 떠난
이들의/ 사당과 사리탑이 처량하게/ 봄 소낙비에 젖고 있
다/ 우리네 생도 저 불꽃같아서/ 흥하다가 저렇게 돌아가
겠지/ 남아있는 이가 대신 또 그 일을 해주고/ 대웅전의
부처님만 그들의 윤회를/ 미소로 보고 있는데/ 어리석은
중생이 촛불 보시를 하다가/ 해탈의 대화를// 우연히 아
주 우연히/ 엿듣고 말았다

—「성냥을 긋다」 전문

모친을 모시고 찾은 법당에서 성냥을 그어 촛불을 밝히며 느낀 단상을 해학적으로 그렸다. "퇴계선생 누워있는 돈표 성냥갑" "팔순의 도니보다 먼저 세상 떠난 불자와 고승들의 사리탑" "어리석은 중생의 촛불 보시" "엿들은 부처님 해탈의 대화" 등 서 시인이 작품엔 불교적인 사유와 표현이 가득하다. 인용은 생략하지만 "불자들의 소원을 다들어 주자면 부처님도 참 힘드시겠다"는 「청평사에서」나 「요선정에서」 「느낌」 같은 작품도 같은 맥락이다.

혼자 밥을 먹어 본 사람은 안다/ 허기보다 더 견기기 어려운 것이/ 외로움이라는 것을/ 오늘도 해장국집에서/ 아침 공양을 위해 홀로 온 처사들이/ 여기저기 드문드문 앉아서 공양을 하는 데/ 표정들이 하나같이 그 중생들만 못 알아보는/ 인자한 부처님 얼굴이다/ 그리 외로워 마라/ 어차피 사람은 혼자 왔다가/ 흔적을 남기든 안 남기든 갈 때는/ 혼자가 아니던가/ 각박한 세상살이에 아웅다웅하지 말고/ 베풀고 또 베풀다 가면 될 일을/ 아침공양 한 그릇에/ 나는 작은 불사佛事를 하나 세운다

—「혼자 먹는 밥」 전문

아침 해장국집에서 여기저기 혼자 먹는 처사들을 보며 허기보다 더한 게 혼밥의 외로움을 느낀다. 무심코 먹는 밥도 그냥 한끼 식사기 아니라 불교적인 공양供養이며, 불사佛事를 세울 정도이다. 앞서 예로 든 몇 작품은 물론이고 전편을 관류하는

게 유머와 해학과 풍자인데, 작품과의 연관성을 위해 이를 잠깐 언급할 필요가 있겠다.

유머와 해학과 풍자는 비슷하면서도 쓰임새에 따라 뉴앙스가 다르다. 유머는 사람들의 흥미를 자극하고 긍정적인 태도를 유발하는 창의력을 기반으로 한다. 때로는 진지함보다는 지각 있는 익살과 은유가 더욱 효과적이다.

지그문트 프로이트Sigmund Freud(1856~1939)는 "유머는 유아기의 놀이적 마음 상태로 돌아가게 하는 어른들의 해방감"이라 정의했다. 유머humor의 사전적 의미는 익살·해학·기분·기질로 번역된다. 인간의 행동·언어·문장 등을 읽고 듣고 보면서 갖는 웃음이라는 뜻이다. 그리고 그러한 웃음을 인식하거나 표현하는 능력까지를 이르는 단어가 '유머'다. 대표적인 예는 유머 광고다. 유머는 사람들의 흥미를 자극하고 긍정적인 태도를 유발한다.

해학과 풍자는 공통점과 차이점이 있다. 둘 다 우회적으로 웃음을 자아내는 '현실 드러내기'라는 공통점이 있다. 해학은 동정적 연민이 앞서고, 풍자는 비판적, 공격적이라는 차이가 있다. 해학은 대상에 대해 호감과 연민을 느끼게 하는 웃음과 익살이 있다. 해학은 인생을 낙관적으로 생각한다는 점에서 냉소적이라기보다는 관조적이다.

풍자는 비판 또는 비난의 의미를 갖고, 인간 생활 특히 동시대의 사회적 결함, 악덕 등을 과장하여 비꼬는 공격적인 태도인데 그것을 개혁하려는 의지를 담고 있다.

역설, 패러독스, 반어법은 그 자체로는 '말이 안 되는 말'을

통해 진실을 드러내는 표현법이다. 반어법은 실제로 전하고
자 하는 마음과 반대로 말하는 것이다.

　　삼복더위에 태어나/ 기를 쓰고 연주를 하는데/ 인간들
　은 날 보고 울어댄다고 한다/ 일주일을 살 놈이/ 꼴에 무
　슨 사돈은 맺어 갖고/ 전라도 사돈과 통화를 하는데/ "사
　둔은 전라도랑께 전라도랑께 그렇게 연주하셔?"/ 전라도
　사돈 왈 "아니 사둔은 강원도래요 강원도래요 그렇게 울
　어 쌓소?"/ 반문한다/ 생이 얼마 남지 않은 두 사돈은 화
　해를 하고 웃으며/ 우리는 "맴매엠 맴맴엠,맴매엠 맴맴
　엠 "합창을 하며/ 인간들은 남도랑 북도랑 사투리를 쓰
　는데/ 미물인 우리는 표준말로 울어대니/ 그렇다면/ 우리
　가 인간들보다도 낫다는 얘기

—「참매미」 전문

　메미를 전라도와 강원도 사돈 매미로 의인화하여 표준어로
운다고 해학적으로 표현하고 있다. 서 시인의 작품은 대체로
비판적 풍자보다는 긍정적인 유머와 해학이 앞섬을 알 수 있
다.

　　참 복도 지지리도 없는 년이지/ 지난달 몸을 풀고/ 새끼
　들은 삼칠일도 지나지 않았는데/ 사자산 적멸보궁 범종
　소리로 잔뼈 굵은/ 황금장송의 구멍 속/ 반 득도한 벌레
　잡아 새끼들 먹이려다/ 가족건강 백일기도 오던/ 서울 차

랑 정면승부를 할 줄이야/ 추돌한 놈도 나도 마음은 하나
일지니/ 극락에는 가고 있을 것이고/ 혹 운이 좋아 도니度
尼의 눈에 띄면/ 장례야 처러 줄 테지?/ 초혼은 하지 말아
줘/ 부고도 내지 말고/ 화장은 더더욱 하지 말고/ 무심한
수놈이/ 까놓은 새끼들은/ 둥지 채 부처님 전에 올려놓고
— 「박새의 주검 앞에서」전문

절에 백일기도 오는 서울 차량에 치어죽은 암컷 박새를 "참
복도 지지리도 없는 년"으로 의인화해 풍자하고 있다. 유머와
해학과 함께 서 시인의 불심이 동물에게 도 확장되고 있음을
보여주는 작품이다.

4. 감정이입과 객관적 상관물의 알레고리화

서 시인은 '객관적상관물' 즉 시적 제재나 대상에 감정이입
을 하고 이를 '의인화'하는 알레고리 기법을 즐겨 쓰고 있다.
'감정이입'이란 소재에 화자의 감정을 집어넣는 표현방법이
다. 감정이입 주체와 대상은 동일한 감정을 지니게 된다. 이에
비해서 객관적 상관물은 감정을 표현하는데 동원된 사물, 정
황, 사건일 따름이다. 따라서 객관적 상관물은 드러내고자 하
는 사물의 감정과 주체의 감정이 일치할 필요가 없지만, 감정
이입은 객체와 주체간의 감정의 동조, 일치가 나타난다.

일반인들에겐 생소한 용어인 '객관적 상관물objective correlative'
은 문학작품의 다양한 표현방식 가운데 하나이다. 글쓴이가
자신의 감정을 표현하기 위해서 감정을 직접적으로 서술하는

것이 아니라 어떤 사물의 특징이나 모양, 행동 등에 의미를부여해서 자신의 감정을 간접적으로 담아내는 표현 방식이다. 「황무지」의 작가인 T. S.엘리엇이『햄릿과 그의 문제들』평론에서 처음 사용한 어휘로, 하나의 문학비평 용어로 굳어졌다.

T. S.엘리엇은 이렇게 말했다. "예술 형식으로 정서를 표현하는 유일한 방법은 객관적 상관물의 발견, 즉 어떤 특별한 정서를 나타낼 공식이 되는 일단의 사물, 정황, 일련의 사건들을 찾아내는 것이다." 다시 말하면 일상생활의 개인적 감정이 문학작품에 그대로 노출되는 것이 아니라, 그 감정과는 직접 관계가 없는 어떤 심상, 상징, 사건 등에 의하여 구현된다는 입장이다. 이러한 객관화를 위하여 이용되는 심상, 사건, 상징 등이 바로 객관적 상관물이다.

문학 작품에서 글쓴이의 감정을 직접적으로 드러내는 것은 작품의 흥미와 완성도를 떨어뜨리는 요인 가운데 하나이다. 객관적 상관물은 이러한 위험을 피해가면서도 글쓴이의 감정을 독자에게 효과적으로 전달할 수 있는 표현수단이다.(네이버 지식백과 참조)

　　내가 그렇게 작업을 해도/ 넘어 오지 않더니// 겨울서
　　방이 잠시 집을 비운 뒤// 강남에서 불어오는/ 봄 바람에
　　몸을 헹구고/ 추어탕집 냄비 속/ 두부로 몸을 숨기는 미
　　꾸라지들처럼// 미지근한 바람에도/ 입을 혜 벌리는/ 에
　　이/ 헤픈 년

─「개나리」 전문

이 시에서는 개나리라는 '객관적 상관물'을 의인화하여 감정이입을 하고 있다. "내가 그렇게 작업을 해도 넘어오지 않더니" "겨울서방이 집을 비운 뒤, 봄바람에 몸을 행구고" "미지근한 바람에도 입을 헤 벌리는/ 헤픈 년"이 개나리다. 다음 몇 편을 더 살펴보자

꽃들도/ 한 해를 살려면/ 하늘에게/ 거수경례를 해야 하나보다// 이렇게

　　　　　　　　　　　　　　　　　　　　—「벚꽃」전문

그것은/ 산신령이 금연광고에 밀려/ 숨어서 신문지에 말아 피우는/ 엽초의 슬픈 절규/ 아무도 그 냄새에 고개 돌리지 않고/ 아무도 그 연기에 기침하지 않는/ 산 거죽에 부조로 붙인 구름과자/ 아 누가 먼저 만들었을까/ 피우고 안 피우는/ 고통의 딜레마를 선물로 준 사람은

　　　　　　　　　　　　　　　　　—「설귀산 안개」전문

해마다/ 이맘때면/ 유혈이 낭자하는 상흔// 임신도 할 수 없는/ 1년 치 생리 흔적을/ 온 산에 뿌려 놓고// 겨울잠 들 기전/ 잠시/ 손님을 맞이하는/ 서러운 영혼식

　　　　　　　　　　　　　　　　　　　　—「단풍 3」전문

이른 봄/ 깍두기처럼 토막 난 온 몸에/ 나뭇재를 뒤집어 쓰고/ 그 넓은 비알 밭으로 뿔뿔이 흩어진/ 제 흔적을 찾

기 위해/ 몇 달 며칠을 땅속에서 기다리다/ 불러오는 배
를 참지 못하고/ 하지가 오기 전/ 딱 한 번만/ 세상을 볼
수 있는// 보라색 당신

—「감자꽃」 전문

위에 인용한 4편 중「벚꽃」은 한 해를 살려고 하늘에 거수경
례를 해야 한다는 의인화, 영월군 수주면의「설귀산 안개」는
"산신령이 금연광고에 밀려 숨어서 피우는 엽연초"이며, "산
거죽에 부조로 붙인 구름과자"이다.「단풍 3」은 "1년 치 생리
흔적을 온 산에 뿌려놓고, 잠시 맞이하는 서러운 영혼식"이
다.「감자꽃」은 "토막 나서 뿔뿔이 흩어진 제 흔적을 찾기위
해" 하지 전에 딱 한 번만 볼 수 있는 "보라색 당신"이다,
　이처럼 서 시인은 벚꽃, 안개, 단풍, 감자꽃이라는 '객관적
상관물'을 알레고리로 의인화하여 감정이입을 하고 있다. 11
년 탄 자가용을 폐차하며 '조강지처'로, 800년 된 '반계리 은
행나무'를 의인화한 작품도 같은 경우이다.

6. 맺는 말

　지금까지 서봉교시인의 작품세계를 (1)시에 대한 인식 (2)가
족과 이웃사랑 인본주의 (3) 불교적 사유와 유머, 해학, 풍자
(4) 감정이입과 객관적 상관물의 알레고리화 라는 네가지 측
면에서 살펴보았다. 서 시인의 작품은 한마디로 "유머, 해학,
불심으로 빚은 인본주의 시"라 할 수 있다.
　시골 태생으로 고향에서 직장을 다니는 서 시인은 아주 성

실하고 모범적인 가장, 직장인, 문인이라는 게 중평이다. 서 시인의 작품은 자연예찬이나 비판적인 사회 참여시보다는 가족과 인간관계를 중시하는 인본주의 생활시들이 대부분이다. 서 시인이 불교 신자여서인지 거의 전 편이 불교적인 사유에 바탕을 두고 있다. 주된 표현기법은 '객관적 상관물'을 찾아 의인화하는 알레고리기법을 즐겨 차용하고 있다. 현란한 수사법을 구사하는 난해시가 아니라 생활주변의 에피소드를 유머와 해학과 풍자로 비유하는 시들이어서 쉽고 재미있게 읽힌다. 앞으로 행복한 가운데 서 시인의 가족과 직장생활, 문학에도 괄목할 성과가 있기를 축원하며 평설을 마친다.

시로여는세상 시인선 043

침을 허락하다

ⓒ2019 서봉교

펴낸날	2019년 12월 23일
지은이	서봉교
펴낸이	김병옥

펴낸곳	시로여는세상
등록일	2001년 12월 7일
등록번호	성북 바 00026호
주소	02875 서울시 성북구 보문로 29다길31, 114-903
편집실	03157 서울시 종로구 종로 19(르메이에르 종로타운) B동 723호
전화	02)394-3999
이메일	2002poem@hanmail.net
블로그	http//blog.daum.net/2002poem

편집 미술	김연숙
제작 공급	토담미디어 02)2271-3335

ISBN 979-89-93541-63-2